삶의 정원

삶의 정원

김영성 디카시집

쏠트라인
SALTLINE

■ 머리말

과거 20여 년 동안 하드디스크에 모아두었던 사진들이 어느 날 바이러스에 의해서인지 일시에 손상된 적이 있다.

이를 살리고자 컴퓨터 업체에 복원을 의뢰하였지만 어렵다는 통보를 받았다.

그동안 틈틈이 찍어두었던 사진들이 한 순간 없어져 버린 것이다. 허탈하기 이를 데 없었다.

그래서 디카 작품을 통해서나마 가치 있는 사진은 세상에 바로 공개하여 남겨야겠다는 마음을 먹었다.

우리는 지금 정보의 홍수에 살아가고 있다. 카톡을 통해 하루에도 몇 번씩이나 보내오는 멋진 사진과 좋은 글귀를 접할 수 있을 것이다.

나는 나름 사진에 대한 재해석을 통해 독자분들에게 신선한 감정과 더불어 마음의 긴장을 푸는 즐거운 시간이 되었으면 하는 바람으로 글을 썼다.

독자 여러분께서는 정원의 꽃과 나무를 바라보듯 마음의 산책길을 걸으며 휴식과 위안의 시간이 되었으면 한다.

2023. 8. 김영성

차 례

■ 머리말

탱자꽃 바람

탱자꽃 하얀 날개 돌려
봄바람 일으키고 있네

가까이하면 위험해요
푸른 가시 경고 촘촘히 달고

탱자 울타리에
하얀 꽃바람 일으키는 선풍기
주렁주렁 매달고 있네

일곱 식구

맨 처음 아빠
다음은 엄마
그 뒤로 자식들이
옹기종기 다섯
일곱 식구가 되었다

이 금슬 좋은 부부
아이들을
다섯이나 낳았다니

요즘 세상에
상 받을 부부다

개나리 삼총사

같은 옷 맞춰 입은
개나리 삼총사

활짝 웃는 미소가
세상을 환하게 비추고 있다

당당하게 봄의 주인이 되어
큰 소리로 노래 부르고 있다

노오란 노랫소리가
봄 들판에 울려 퍼지고 있다

금빛 방울소리

금빛 방울이 주렁주렁
누구의 노리개일까

보는 노리개일까
흔드는 노리개일까

흔들어 소리를 내니
봄 햇살이 맑게 퍼진다

산수유나무에서
눈부신 소리가
봄바람 타고 쏟아진다

무제 그림

산 중턱에 바위 하나
땅에 뿌리를 박고
육중하게 앉자 있다

바위의 평평한 얼굴에는
오랜 풍우의 세월을 견디면서
인내한 기록이
한 폭의 무제 그림으로 그려져 있다

주름진 얼굴에 하얀 반점
피부질환인가
푸른 연고와 이끼 바르고
묵묵히 주변을 지켜보고 있다

부채춤

색동옷 곱게 차려입고
화려한 부채춤 공연이 열렸다

잡풀 관객들의 박수와 환호로
흥겨운 시간을 보내고 있다

자운영이 만발한 들판에서
부채춤 축제가 한창이다

이국적 아름다움

키 큰 화려함이 우리 것 아닌
이국적 아름다움

산뜻한 호기심에
잠시 발걸음 멈춰서

그들과 대화를 시도해 보고
만남의 인증 샷을 남기며
예쁜 자태 이리저리 둘러본다

이국적이라 대화도 어렵게만
느껴지는 어색한 분위기

작별 인사는 눈짓으로만 나누고
발길을 돌린다

쉬는 시간

지금은 쉼의 시간
잡풀들이 무성한 밭에서

겨우내 쉬고도
아직 깨어날 줄 모르는 트랙터

잡초들이 악을 올리지만
거들 떠 보지도 않은 채 쉬고 있다

유채꽃 화려한 인사에도
아랑곳 하지 않고

한가한 봄을 보내고 있다

꽃 둥우리

꽃 둥우리 예쁘게 놓여있다

꽃바구니도 아니고

큼직한 꽃 둥우리

올해도 꽃 풍년

큰 둥우리 속의 많은 꽃

봄이 풍만하다

고깔꽃

예전 시골에서
대보름날 동네 농악 할라치면

창호지에 노란색, 빨강색, 하얀색
색색이 물들여 놓고

마르면 고깔꽃 만들어
고깔모자에 붙여

머리에 눌러쓰고 가락에 맞춰
신명나는 농악 춤을 추었지

노란 과자

고슴도치처럼 바늘 돋우고
무엇을 지키고 있나 보니

맛있는 과자 붙들고 있구나

밤낮으로
과자에서 노란 설탕가루 생겨
바람에 휘날리면

노란 세상 만들겠지
하늘도 육지도 물 위도

온통 노란 설탕 세상 되겠구나

위험

위험

위험이란 글자가
보초를 서고 있다

접근하면 다친다고
안내를 하고 있다

이 글자가 안전을
책임져 주겠지

보초를 무시하거나
넘어 서지 않는 한

이웃집 여인

화려하지 않은 이웃집 여인
자주 볼수록 정감이 생기네

철 만난 웃음이
봄을 유혹하는 한때

꽃으로서 자신의 자태를
뽐내고 있는 한나절

사랑의 포옹

그대가 품에 안기니

사랑의 불씨 지펴져

심장이 뜨겁게 끓는다

끓는 소리 멜로디로

힘차게 울리니

솟구치는 기쁨

온몸으로 퍼진다

뜨거운 열기에

황홀한 기운이 무럭무럭

온몸을 적신다

단장

쉬던 밭이 일어나 세면하고
곱게 단장하였다

주인 뜻에 따라
같이할 누군가를 데려올 것이다

그가 오면 반갑게 맞이하여
잘 살아봐야지

주인님의 손길이
우리들을 잘 다스려야
만족스런 결과를 맺을 텐데

단장하고 기다리는 마음이
설레기만 하다

아기 다람쥐

나무에 아기다람쥐

이리 펄쩍 저리 펄쩍

정말 신이 났구나

두리두리 고개 돌려

천진스런 눈망울을 굴리며

누구세요 물어와

정겨운 마음 솟아나

친구라고

환한 미소로 답했지

철물구조

일정한 공간과 리듬을 유지하고

통일된 행동의 마스게임이

나의 시선을 끄는 오후

각자의 자리에서 음악에 맞춰

멋진 군무群舞를 보여주고 있다

멋들어진 공연에 한바탕

박수를 보내고 그들을 응원해 본다

평온한 벌판

봄날의 나무며 풀이며
저 멀리 보이는 지평선의 섬이며
물결을 잠재우고 있는 바다며
이를 바라다 보고 있는 나도
온통 파랗다

파란 기운이 온몸을 향하여
민물 되어 밀려오고 있다

두려운 바다라기보다
평온한 벌판이다

바라볼수록 일렁이는 생기가
나에게 힘을 주고 있다

야경

밤은 침묵과 어둠을 원한다
어둠과 침묵은 휴식의 시간이다
큰 다리에 등불을 밝히니
밤은 싫어서 큰 어둠을 보내지만
등불은 더욱 밝게 불타고 있다
어둠과 빛의 싸움이
황홀한 야경을 만들어 놓았다
이웃이 밤늦도록 잠 못 이루도록

모자를 팝니다

이 모자 어떠세요?

멋있지 않나요?

모자 팝니다

골라보세요

모자 파는 아가씨

예쁜 얼굴로 말하고 있다

맘에 드는 모자가 없네,

혼자 말하고서

진열장을 벗어난다

예쁜 아가씨 모자

이미 가슴속에 훔쳐

어색한 기분으로

재빨리 그곳을 벗어난다

갈용葛茸

때를 기다렸다
이제 몸을 추스려
힘차게 하늘을 날고 싶다

나에게 힘찬 응원을
보내주지 않으련

봄날의 기운 받아
땅과 풀밭도 기어보고

나무도 휘감아
우뚝 오르고 싶다

모심기

모심는 일꾼
상일꾼으로 인해
사람동원 모심기는 옛말

삐! 삐! 삐! 삐!
콧노래를 부르며
척척 잘도 심는다

든든한 머슴이
물논을 걸어다니며

지칠 줄 모르고
조심스럽게
모를 심고 있다

논둑길

논둑을 삽으로 깎아
손과 발로 논둑 붙이던 옛시절

이제는 농기계가 논둑 붙이기를
말끔하게 처리하였다

시원스럽게 만들어진
논둑길 좋아 보이지만

풀과 벌레들이 무성하여
걸어가면 신경이 곤두섰던

기억이 무럭무럭
논둑풀처럼 솟아난다

춤추는 소나무

숲속을 휘젓는 몸놀림

흥에 젖어 멋지게도

허리를 돌리는 춤추는 소나무

소나무의 흥겨운 춤에

숲속 친구들 모두 박수를 보낸다

나도 따라 춰 볼까나

소나무의 몸놀림에

숲속 분위기가 들떠있다

물댄 논

봄까지 푹 쉬던 논이
몸단장에 물을 취하고
농사지을 준비를 마쳤다

말쑥해진 물댄 논
잘 골라진 논바닥

풍년을 기약하는
농부의 부푼 꿈이 서려있다

출렁다리

출렁이는 하늘을 걷는다
산과 산 사이로 난 길

내려다보이는 숲과 골짜기
아찔한 높이와 깊이

앞만 보며 흔들리는 몸을 가눌 때
친구의 심술이
두 발로 울렁증을 만들 때

불안한 마음이 하늘을 찌른다
공포심이 가슴으로 떨어진다

누구에겐 공포의 다리
누구에겐 즐기는 다리

은밀한 교환

은밀 방에서
작업을 하고 있다

중매를 서고
대가를 받는

서로 간에
은밀한 교환이
이루어지고 있다

꿈의 다리

다리 위의 터널
터널 속의 꿈 조각들 모음
일러 꿈의 다리

전남하고 순천정원에 가면
볼 수 있어요

조각조각 꿈들이
긴 터널 속에 자리 잡고서
당신을 기다려요
꿈 이야기 나누자고

꽃의 정원

곱게 가꾼 정원의 꽃들이
보고픔에
기다림에
애가 타고 있다

예쁜 모습 보여주고 싶어서
그림 같은 지상 낙원 꿈꾸며

누구든 오는 이에게
생의 미를
삶의 여유를 주고자

오늘도 예쁘게 단장하고
그대들을 고대苦待하고 있다

모내기한 논

물댄 논에 어린 생명들이
줄지어 뿌려졌다

키 작은 어린모가
물에 잠겨 숨을 헐떡거리며
숨을 고르고 있다

평화롭기만 한 들녘에서
어린 생명들이 응석을 부리고 있다

섬 체험

물길 위로 배가 헤엄치고
다리를 건너면 작은 섬

연인들의 데이트 장소
가족 나들이 공간

잔디 위를 걸으며
푸른 하루가 펼쳐진다

섬처럼 느껴지지 않는
섬 체험 시간

깃털

새들이 꽁지깃털을 세우고
조잘거린다

깃털의 무늬가 쫑긋이
날아오를 듯

예쁜 깃털의 새가
옹기종기 모여
조잘조잘 얘기 나누고 있다

병풍 속의 그림 한 폭

액자 속의 꽃 사진일까

벽지의 무늬일까

아니 병풍 속의 그림일까

편편이 그려진 그림처럼

그 자태 아름답구나!

병풍이 꽃그림 속으로

휘말려 들어간다

슬픈 눈물

눈물에 젖어
볼 수가 없겠어

예쁜 눈망울에
눈물 가득

사랑받는 그대도
슬픈 눈물은 있구나

붉은 입술

나를 설레게 하는
잘 익은 입술

입맞춤에 쭈~욱
빨아 삼키고 싶은 애달음

닿은 혀끝에
촉촉이 젖어드는 황홀함

사랑스러운 그대
달콤한 입술

바람아 불어라

나는 풀씨가 되어
바람이 불어 주기를 기도하고 있다

부드러운 솜털 이루어
서로를 의지하면서

이별을 꿈꾸며
바람 따라 가벼이 날아
머무는 곳에 새 생명의 탄생을
꿈꾸고 있다

바람아 불어라 나를 날려다오
깃털을 날개 삼아
훨훨 날아보자꾸나

나의 보금자리를 찾아
여행을 떠나보자꾸나

낭만의 사랑

활짝 웃는 예쁜 언니

정열로 밝힌

화려한 그 얼굴

향기마저 매혹해

누군들 지나칠 수 있겠나

낭만의 사랑을 그리며

유혹의 미소 짓고 있네

오디

이른 봄부터 인기 좋아
사람 손을 타더니만

주저리 열린 저것이
누구 손을 기다리나

기다림에 지쳐 까맣게 멍들어
떨어지는 날에는

바닥도 덩달아
까맣게 멍이 들겠구나

푸른 숲

푸른 물결 일렁임 속에
푸른 숨결이 느껴진다

푸른 잎사귀로 숨 쉬고
뿌리로 자양분을 올려

자신을 키우는
푸른 생명들

푸른 숲의 생명들에
생기가 넘쳐흘러

내 가슴을 시원스럽게
적셔준다

신방

화려함인가
신비로움인가

창 들어 호위하는 아성에
새 생명을 잉태하려

기이하고 아름다운 신방이
차려졌다

생계

가족은 어디 두고
풀 속을 헤매나

겁먹은 눈으로
이리저리 고개 돌려
낯선 이를 판단한다

풀 속은 나의 터전
나의 일자리

생계를 위해 열심히
작업하고 있다

멍석딸기꽃

꼬마 아가씨들 화장하고
누굴 기다리나요

잘생긴 낭군 만나
예쁜 딸기 아이 낳으려구요

딸기 아이 키워서
새들 초대하여 대접하고

저 멀리 시집도 보내려구요

넝쿨

닥치는 대로 휘감아
올라야 하는 천성

천성이 같은 이들이
같이 가려 하네

나는 아니야 저리 가
한사코 뿌리쳐도

나는 네가 좋아
아양 떨며 휘감아 돈다

하늘 숲

산속 호수

오르는 길에 펼쳐진

드넓은 하늘

눈부시게 물결치는 햇살

연파랑 나뭇잎들이 춤을 춘다

향기가 가슴을 적실 때

나는 하늘숲 문으로 들어선다

사탕

알록달록
사탕들이 꽂혀있다

검붉은 사탕 하나 골라서
입안에 넣고 오물오물

달달한 행복감이
입안 가득
내 몸 가득

탐스런 사탕이
연푸른 포장지에 쌓여
동심을
빨아들이고 있다

돌담길

돌담길 돌아드니
문득 고향 길
흙에 박힌 돌들의
정겨운 모습

흩어진 돌들 모아
정성스레 쌓았던
고향 손길이 느껴지네

길 따라 걷다 보니
담 너머로 피어오르는 연기

연기가 향수되어
가슴으로 파고드니
뭉클한 당신 생각

붉은 새

새가 날갯짓하며
노래하고 있다

보지 못했던 붉은 새
지금 보이는 붉은 새

예쁜 자태로
지저귀고 있다

새도 붉고
새소리도 붉다

벽화

꽃의 그림자
그림자의 꽃

벽과 조화되어
벽화로 태어나

살아 움직이듯
생화로 거듭나는

생명을 담은
벽화가 되었구나

담벽

갑옷과 투구를 갖춘
병사들의 열병식인가

줄지어 내려오는
병사들의 모습에
든든한 분위기

단청이 있는 건물에
성문 굳게 걸어
과거와 현재를 통제하는 듯

평화로움이 교차하는
담벽의 풍경

꽃별

푸른 제복의 옷깃에서
반짝이는 별

위풍 당당하게
어깨 힘주어 떠 있는 별

훌륭한 공적으로
가슴에 단 훈장별

밤하늘에 떠 있는
보름달의 달별

아기처럼 예쁜
귀여운 아가별

별빛이 수시로 변하여
내 가슴을 비춘다

삶의 정원

김영성 디카시집

발행일 | 2023년 08월 15일

지은이 | 김영성
사　진 | 김영성
펴낸이 | 고미숙
편　집 | 구름나무
펴낸곳 | 쏠트라인 saltline

등록번호 | 제452-2016-000010호(2016년 7월 25일)
제 작 처 | 쏠트라인 saltline
전자우편 | saltline@hanmail.net

ISBN : 979-11-92139-36-4 (03810)
값 : 10,000원